你好，
野猪医生

[日]加古里子 著绘
[日]中岛加名 绘
吕灵芝 译

中信出版集团 | 北京

目录

故事地图 ………………………………… 2

朋朋的小肚肚 …………………………… 4

山羊奶奶浑身痛 ………………………11

喷嚏连连的螳螂女士 …………………19

漆树林的熊老大························25

鹿老大摔下台阶啦······················32

哭鼻子的冠鱼狗弟弟····················40

救护车······························50

故事地图

十字山

云取山

山猫山

漆树林

麻栎林

皋月杜鹃山

鸭跖草岭

虾夷谷

虾夷林

非洲沼

朋朋的小肚肚

狸猫妈妈和小狸猫朋朋急匆匆地爬上了山坡。朋朋平时出门总爱扔石子、追小虫,今天却没什么精神。

爬到山坡上,看到一棵高大的杉树,旁边有一座白色的医院。狸猫妈妈带着朋朋推开医院的门,走了进去。

山羊奶奶正好做完检查,兔子护士出来喊道:

"山猫山的狸猫朋朋小朋友,请到诊室来。"

走进诊室,头发乱蓬蓬的野猪医生声音洪亮地问道:

"朋朋小朋友,你好啊。哪里不舒服呀?"

狸猫妈妈回答道:

"医生,这孩子从昨晚开始就没什么精神,还说肚子痛。"

"嗯，嗯，原来是小肚肚不舒服啊。晚饭吃了什么呀？"

"吃了土豆、竹轮、鱼糕和魔芋。"

"原来如此，吃的是关东煮啊。这些东西应该不会导致肚子痛。来，让我看看小肚肚好吗？"

说着,野猪医生轻轻揉了几下朋朋的肚子。

"痛不痛?"

朋朋小声回答:

"不痛,没关系。"

"嗯……昨天做了什么运动吗?"

"昨天学校举办文艺汇演,我连足球都没踢。"

"哦?你在文艺汇演上表演节目了吗?"

"我参加了合唱。"

"朋朋小朋友唱了什么呀,能告诉医生吗?"

朋朋觉得在医院里一个人唱歌有点儿害羞,但还是唱起了文艺汇演时合唱的歌。

♪山猫山上月光光 砰砰砰

♪大家一起唱儿歌 砰砰砰

♪唱唱跳跳 砰砰砰

"好有意思的歌呀。歌词里的'砰砰砰'是敲鼓的声音吗?"

"不是敲鼓,是大家都在拍自己的肚皮。"

"哦，这样啊。我知道了，一定是朋朋小朋友拍肚皮拍得太高兴，把小肚肚吓着了。这个好办，只要涂点儿药，两三天就能治好。"

狸猫妈妈听了，高兴地说：

"那真是太好了。"

然后，兔子护士帮朋朋涂好了药，朋朋和妈妈一起回家了。

那天晚上，朋朋吃了昨天剩下的关东煮，安静地看着月亮。没过多久，小肚肚就不痛了，朋朋也恢复了精神。真是太好了。

山羊奶奶浑身痛

山坡上有一座小小的医院。

院长野猪医生长得又高又大,身上还长着乱蓬蓬的毛,样子特别吓人。不过住在山上的动物们只要有个头疼脑热,都会去找他看病。

这一天,总是过来开药的山羊奶奶跌跌撞撞地进了医院,大声喊着:"哎哟,

哎哟，好痛，好痛，好痛啊！"

"哎呀，您怎么啦？"兔子护士扶着山羊奶奶好不容易坐了下来，山羊奶奶还是哭着喊："哎哟，哎哟，好痛啊！"

听见声音，野猪医生走出诊室说："怎么啦，山羊奶奶？您这么想我，又来看我啦？谢谢您，快进来让我看看吧。"说完，他就扶着山羊奶奶走进了诊室。

"医生，快帮我看看吧。我一头撞上了大树，脖子突然特别痛，哎哟哟……"

"别慌别慌，您怎么撞上大树啦？"

"上回我在山坡上发现了一种特别嫩的草……"

"哦？什么样的草？"

"我记得它们长着两两对称的小叶子,味道特别好。"

"唔,那应该是小巢菜,一种营养丰富的草。然后呢?"

"我很珍惜那些草,每隔一天才去吃一次。可是好多虫子跟鸟儿趁我不在,跑去搞破坏。"

"哦,然后呢?"

"今天我去那里一看,螳螂竟在草地上打滚呢!我追着她四处跑,不小心迎头撞上了大树,脖子就……哎哟,哎哟……"

"原来如此，我明白了。您撞到了额头，脖子却痛了起来。嗯，我知道是怎么回事了。"

然后，野猪医生轻轻扶着山羊奶奶的额头和脖子，对她说：

"来，额头朝着这边，慢慢转过来，很好。然后慢慢转回去，非常好。再像刚才那样，慢慢转过来……怎么样？脖子还痛吗？"

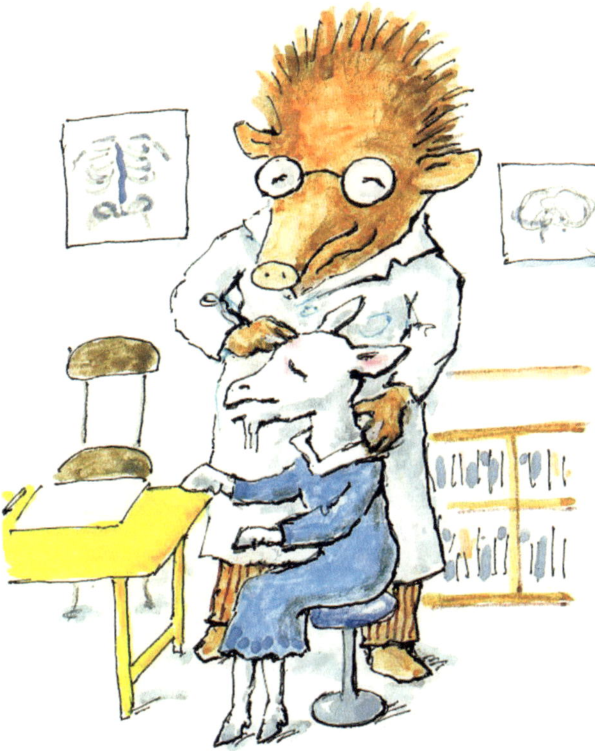

"哎呀！医生，哎呀！哎呀！不痛了！"

"您撞树的时候力量太大，把脖子扭到了。我已经给您做了复位，现在没事啦，过两三天就能好。"

"咩，咩，医生，真是太谢谢你了。"

"没事没事，上回给您开的药，在按时吃吗？"

"每天都按时吃呢。"

"那很好。等药吃完了，您再来找我开吧。"

就这样，山羊奶奶脖子上贴着一块大药膏，笑眯眯地回去了。她实在太高兴了，完全没注意到下一个等待看诊的是螳螂女士。

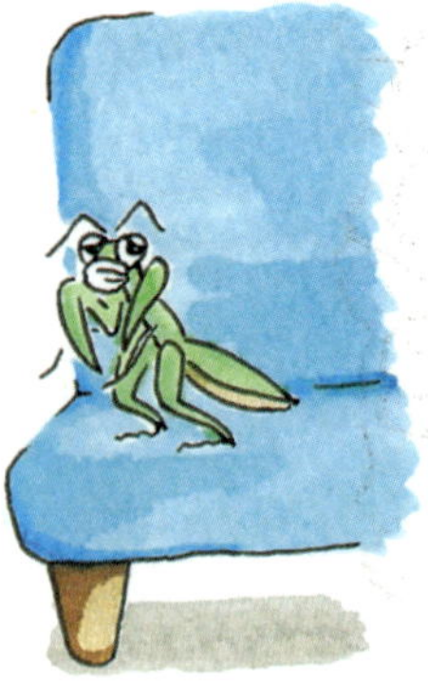

喷嚏连连的螳螂女士

山里有棵大杉树,野猪医院就在杉树旁。山上的动物们若是嗓子痛了、腿摔伤了,都会去找野猪医生看病。

今天,山羊奶奶找医生看完病后,该轮到个子矮矮的螳螂女士看病了。

"鸭跖草岭的螳螂女士,请到诊室来。"

螳螂女士跟着兔子护士走进了诊室。野猪医生看见螳螂女士戴着口罩,对她说:

"哎,螳螂女士,你感冒了吗?"

螳螂女士吸溜着鼻涕回答道:

"我一直流鼻涕、打喷嚏,好像得了流感。阿嚏!"

说完,她打了个小小的喷嚏。

"原来如此,不过这个季节很少有人

得流感呢。先让我看看嗓子吧。"

螳螂女士摘下口罩,张大了嘴巴。野猪医生先看了看螳螂女士的嗓子,然后拿出听诊器,听了听胸口和背部。

"唔……这些地方都没有问题。唔……螳螂女士,莫非——"

"嗯,医生您说。阿嚏!"

"最近这两三天,你吃过蝴蝶吗?"

"没有呀。我以前吃过一次弄蝶,受了不少苦,阿嚏!从那以后,我就再也不吃蛾子和蝴蝶了,阿嚏!"

"这样啊。那你去过开着百合花或黄莺花的地方吗?"

"没有。我不喜欢爬那么高的植

物……阿嚏！所以从来没去过……阿嚏！阿嚏！"

"哎？我见你打喷嚏的症状很明显，如果既不是蝶粉，也不是花粉……唔，那究竟是什么呢？"

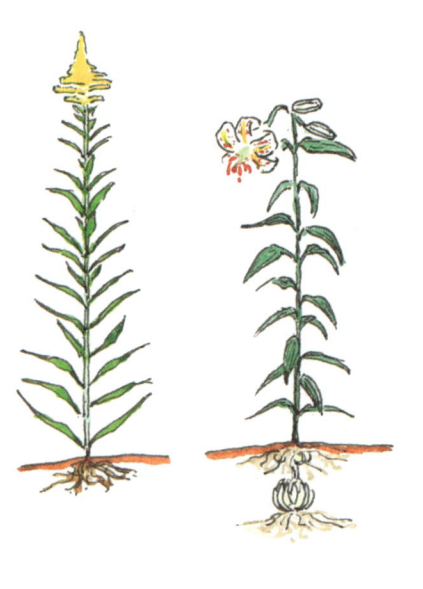

野猪医生抱着胳膊陷入了沉思。

"阿嚏！对了，我三天前被山羊奶奶追着跑，在开了很多……阿嚏！小白花的地方……阿嚏！拼命跑了好久。

阿、阿、阿嚏！"

"小白花？嗯，不是野豌豆，也不是白三叶草，那到底是什么呢。小白花……啊！我知道了！是荞麦花！你一定是跑到荞麦地里四处躲闪，对荞麦花过敏了。"

"荞麦花过敏是什么？阿嚏！"

"杉树花粉和蝴蝶翅膀上的粉末容易刺激呼吸道，引发打喷嚏和全身发痒的症状，这就叫作过敏。我给你开一些云取山野猪医院的抗过敏药物，你每天早晚服用，

一定会好起来的。"

"呀,那真是太好了。如果喷嚏停不下来,我都没法捉虫子了。阿嚏!太好了,医生。阿嚏!谢谢您,阿嚏!"

螳螂女士从兔子护士那里取了治疗过敏的药,一边打着喷嚏,一边回了鸭跖草岭。

过了三天,螳螂女士不再流鼻涕,也不再打喷嚏,又变得活蹦乱跳了。

漆树林的熊老大

云取山的野猪医院有许多病人。小到虫子，大到老虎、大象这样的大型动物，都来这里看病。

熊老大就是住在森林里的大型动物。这天，他弓着腰，用奇怪的姿势走进了医院。野猪医生仔细一看，发现熊老大的两只手掌都受伤了。

"熊先生，你的手怎么了？"

"唉，我在坚硬的石头上抓伤了手。"

"原来如此，那可真不走运。"

野猪医生小心翼翼地摘除了熊老大折

断的指甲，然后说：

"你要忍一忍哟。"

说完，他在伤口上涂抹了消毒药水。

"咿！嘿！呀——"

伤口碰到药水火辣辣地痛，熊老大发出奇怪的声音，听不出在哭还是在笑。

"很好，很不错。来，这只手也要

消毒。"

"咿！嘿！嘿！呀——"

熊老大又一次皱起眉头，忍耐疼痛。

"好，表现得很棒。新指甲长出来之前，你都不能用手。虽然有点儿难受，但很快会好的。"

"好，谢谢医生。"

熊老大双手缠着绷带，动作别扭地鞠了一躬。野猪医生见他这个样子，就问了一句：

"等等，熊先生，你的腰怎么了？"

"唉，被虫子叮了……"

"再让我看看腰吧。"

熊老大躺在床上，腰上肿了一块，黑

毛底下露出了红褐色的皮肤。

"这可不是普通的蚊虫叮咬啊。"

"唉,我去掏蜂窝,引出了好多蜜蜂,就想跑到旁边的洞里躲起来。可是那个洞太小,我只好拼命搬石头,想把洞挖大一些,最后躲进去一看,还是露出了半边屁股,被蜜蜂好一通蜇……"

"嗯,我知道了。难怪你弄伤了指甲,腰也肿了。"

高大的熊老大被一群小蜜蜂追赶着躲进了洞里,但是洞太小,又全是石头,所以熊老大挖洞弄伤了指甲,最后屁股藏不住,又被蜜蜂蜇了。

"好,那我来给你治疗蜇伤吧。"

兔子护士给熊老大剃了毛,野猪医生拿着镊子,仔仔细细地拔掉了蜜蜂留下的刺。全部拔出来一看,竟有26根。熊老大被 26 只蜜蜂蜇了!

拔完蜂刺,野猪医生又在伤口处涂了许多药膏,然后拍拍熊老大的肩膀说:

"这下你的手和屁股都会好起来啦。注意保养身体哟。"

"谢谢医生。以后我再也不敢掏蜂窝了。"

贪吃的熊老大想吃蜂巢里的蜂蜜，结果被小蜜蜂教训了一顿。

熊老大的腰连着屁股，贴了一块大大的药膏。他挥了挥缠着绷带的熊掌，摇摇晃晃地扭着腰，回到了漆树林。

鹿老大摔下台阶啦

云取山的野猪医院只在门口立了一块小小的招牌,名声却传出了云取山,传遍了周围的山川和树林,山上的动物们都对它赞不绝口。

这天,鹿老大跌跌撞撞地跑进了野猪医院,他的脖子和背部满是伤痕。

"医生，求你帮帮我吧。"

野猪医生接待完螳螂女士，正在收拾诊室。于是兔子护士马上说：

"你是虾夷林的鹿先生吧，快请进。"

鹿老大摇摇晃晃地坐下来，野猪医生先问话了。

"嗯？你怎么受了这么重的伤？"

"唉，我出远门的时候，不小心从石头台阶上滚了下来。"

"那真是太不走运了。"

说完，野猪医生仔仔细细地检查了鹿老大脖子上和背上的伤口。有的伤口很深，流出来的血打湿了毛皮，凝固后毛又粘在一起，足有五六处之多。

"台阶上有铁钉或竹钉吗？"

"没有，这都是撞在尖石头上弄伤的……"

"哎，不过这伤口像是又细又尖的钉子状东西造成的。好在没有伤到要害，我给你消消毒、抹点儿药，三天后再来复诊。"

"三天后？我正好有事啊……"

"你受了这么重的伤，最好尽早治疗啊。"

"可是我三天后要去皋月杜鹃山呢……"

"什么？你要去那么远的地方？那可不行，至少得休息一周，等伤势恢复一些再去如何？"

"可是……我实在改不了时间呀……"

"我不知道你有什么急事，但身体最重要啊。"

"唉，医生你说得对。真不好意思。其实是我被赶出了虾夷林，必须马上搬走……"

"千万别胡来啊！"

"对不起，其实我不是从台阶上摔下来的，而是在跟年轻的雄鹿争地盘时受伤了。我年纪大了，争不过年轻的，只能被赶走啦。背上的伤都是被年轻雄鹿的鹿角戳的，刚才我不好意思承认自己输了，才骗你说是从台阶上摔下来的，实在是对不起。"

"这样啊……我明白了。那我给你用上最好的药膏，争取让你两天就能好转吧！"

"医生，太谢谢你了！"

"不过这种药比较刺激，你得忍耐一

下，准备好了吗？"

"好的，拜托你了。"

野猪医生先剃掉鹿老大伤口周围的毛，清理伤口周围的血痂，然后往伤口深处洒了些强效消毒水。

"哎哟哟哟，好痛，好痛啊！"

"忍一忍，忍一忍，可别输给年轻人啦！"

消完毒后，野猪医生又给伤口处抹了厚厚的药膏，再贴上干净的纱布，防止细菌感染伤口。

"处理完了。这下只要休息两天，伤势就会好转。到时候，你想去皋月杜鹃山或是十字山都没问题啦。"

"医生，真是太谢谢你了，我会永远记得你的恩情的！"

"好了，祝你早日康复哟。"

大约过了一个月，有人在医院门口放了一篮子山葡萄，旁边还有张小卡片，上面写着："承蒙关照　皋月杜鹃山的鹿敬赠。"

"看来鹿先生已经安顿下来了，真是太好了。"野猪医生微笑着说。

哭鼻子的冠鱼狗弟弟

今天也有好多山上的动物来到野猪医院看病。有碰到头的,有腰痛的,有咳嗽不止的,还有头晕目眩的……

野猪医生和兔子护士结束了一天的诊疗,打扫完医院卫生,吃着鹿先生送来的山葡萄,喝茶休息。

就在这时,有人咚咚地敲响了挂着"今日诊疗结束"牌子的医院大门。

"帮帮我,帮帮我呀,医生快来帮帮我呀,吱——"

野猪医生连忙打开大门,只见冠鱼狗

弟弟蹲在地上，脸色煞白，翅膀瑟瑟发抖。

野猪医生和兔子护士赶紧把冠鱼狗弟弟带进诊室，让他躺在床上。冠鱼狗弟弟抱着肚子不停大叫：

"好痛啊，快帮帮我呀，吱——"

兔子护士飞快地帮他测量了体温，干脆利落地问道：

"你怎么了？能给医生说说哪里不舒服吗？"

冠鱼狗弟弟痛得吱吱叫，断断续续地说，今天他在山谷小溪飞来飞去地捕鱼，傍晚突然觉得肚子痛，实在受不了了，就飞一会儿歇一会儿，爬一会儿歇一会儿，好不容易才从虾夷谷来到了医院。

说完，冠鱼狗弟弟又喊道：

"帮帮我呀，吱吱——"

对了，你知道冠鱼狗是一种什么鸟吗？

冠鱼狗跟经常出现在河边和湖边的翠鸟是亲戚，翠鸟的羽毛是漂亮的琉璃色，被称作"水边的宝石"，但是住在山上的冠鱼狗长着黑白相间的羽毛，还像野猪医生那样，顶着乱蓬蓬的头冠。

冠鱼狗弟弟痛得连头冠都在颤抖，不停叫着：

"帮帮我呀，好痛好痛。"

"是不是吃了不新鲜的鱼啊。"

"吱吱——"

冠鱼狗弟弟摇了摇蓬松的头冠。

"那吃了泽蟹或是龙虱吗？"

"吱吱——"

冠鱼狗弟弟还是摇了摇头。

后来无论再问什么，他都只是吱吱叫着直摇头，野猪医生没办法了，只好说："那就做个X光检查吧！"说完，他跟兔子护士把冠鱼狗弟弟送到X光室，想拍X光片看看冠鱼狗弟弟肚子里的东西。

"啊，果然如此。"

冠鱼狗弟弟的肚子里竟扎着一个好粗的鱼钩。

"接下来就是关键时刻了。患者现在很虚弱，无论是开腹手术还是内视镜手术可能都吃不消，所以必须想别的办法把鱼

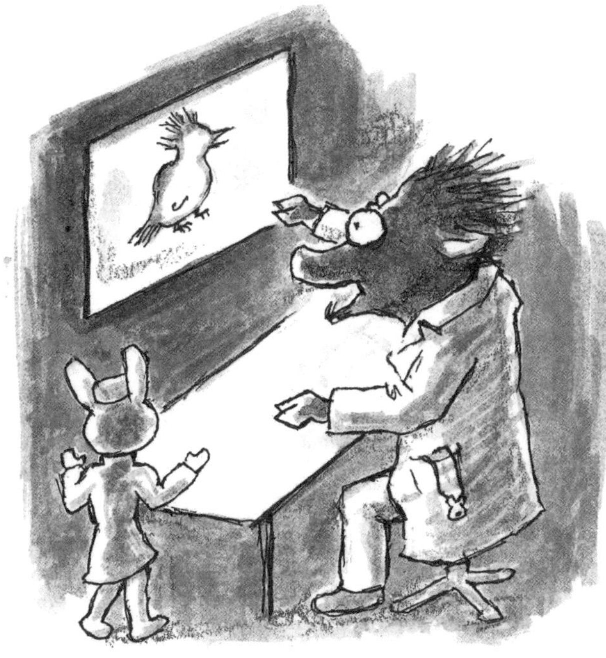

钩取出来。总之，我们今天要通宵了。"

野猪医生陷入了沉思，不停地想能有什么好办法。他看了看四周，目光停留在了刚才吃的山葡萄上。

"嗯……嗯……对了，这是个好办法！"

野猪医生立刻让兔子护士准备魔芋粉，加水搅拌均匀后，让冠鱼狗弟弟喝了下去。接着，他又配制了澄清石灰水，连同小苏打一起，也让冠鱼狗弟弟喝了下去。

于是，冠鱼狗弟弟肚子里的鱼钩，就被魔芋块包住了。接着再让他喝下泻药，包着鱼钩的魔芋块就从他的肚子里排出来啦。

魔芋粉 ＋ 澄清石灰水 ＋ 小苏打

"医生，我不痛了，谢谢你，吱——"

冠鱼狗弟弟摇晃着乱蓬蓬的头冠，高兴得吱吱叫。

"太好了，真是太好了。"

野猪医生和兔子护士总算露出了笑容。这时，东边的天空渐渐转亮，一夜就这么过去了。

野猪医生、兔子护士和冠鱼狗弟弟都沉沉地睡了过去，醒来后三人一块儿吃了些山葡萄。

接着，野猪医生和兔子护士开始准备今天的工作，冠鱼狗弟弟则吱吱叫着，高兴地飞回虾夷谷，去捉小鱼小蟹吃了。

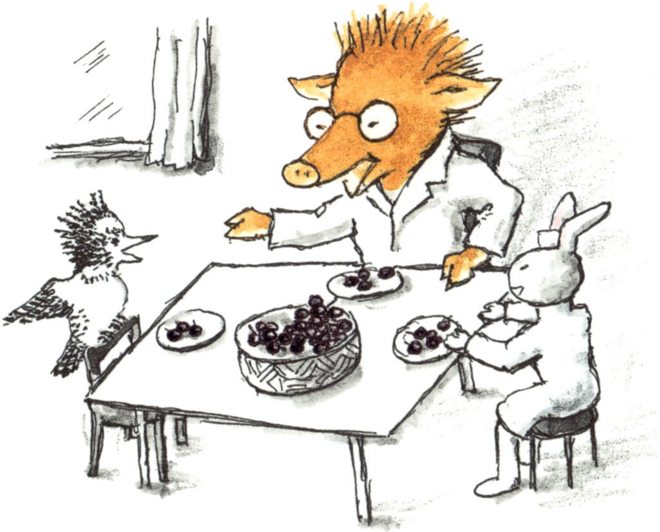

救护车

咿呜咿呜——救护车朝着云取山大杉树旁的野猪医院疾驰而来。野猪医院开在大山上,平时很少有救护车开过来。

野猪医生连忙赶到门外,发现救护车送来的是独角仙大角弟弟。他竟折断了两条腿,据说是因为在跟同伴一块儿在麻栎林吸食树液时,互相打闹推搡,不小心摔下来了。

"哎哟哟哟,好痛好痛……"

大角弟弟痛得直叫唤。

野猪医生说:

"来,先让我看看。"

说着，他检查了大角弟弟反向弯曲的左前足，还有耷拉着的中足。

"你的腿接起来就没事了。只要打上夹板，好好休息一周，就可以恢复正常。好了，我来给你治疗吧。"

说完，他对新来的实习猪医生说：

"你去找几根可以当夹板的山毛榉细枝来。"

接着,野猪医生就开始准备药贴了。

就在这时,咿呜咿呜——警铃大作的救护车又开了过来。

这次被送来的是住在非洲沼的三齿鳄鱼爷爷。他本来只有三颗牙齿,其中一颗快要脱落下来了,痛得他大张着嘴哭喊。

"呜呜呜,好痛啊!牙齿好痛啊!"

"哎呀,鳄鱼爷爷,您的牙齿又松了吗?嗯,这是牙槽脓肿*。上次给您的药,您肯定没好好涂吧,结果变成这样了。"

野猪医生知道鳄鱼爷爷不喜欢涂药。

实习猪医生拿来了为大角弟弟准备的夹板,野猪医生对他说:

"快到这边来,按住鳄鱼爷爷的嘴!"

可是实习猪医生害怕得不敢上前,因为他是第一次见到鳄鱼爷爷,看他把嘴张得那么大,当然害怕了。

"好了,我一个人给鳄鱼爷爷做治疗,你去看大角弟弟的腿,他一直喊痛呢。"

野猪医生在红肿的牙龈上抹了厚厚的药膏。

"您以后可不能忘了,每天晚上都要涂药。"

野猪医生吩咐完,鳄鱼爷爷就哼哼唧唧地点着头回家了。大角弟弟的腿上也已经包好了绷带,他在朋友的搀扶下,往麻栎林的家走去。医院总算恢复了平静。

过了一个星期，到了大角弟弟复查的日子。

"感觉怎么样啊？"

野猪医生一边问，一边轻轻抬起大角弟弟裹着绷带的腿检查。

"野猪医生，我觉得好奇怪啊。明明是自己的腿，却怎么都不听使唤。"

"让我看看？"

野猪医生解开了绷带。

"哎呀,这可不行。实习猪医生,你快来看。"

野猪医生叫实习猪医生过来,当面指出了他的失误。

"前足对着中间,中足却朝着前面。你弄反了!重做一遍!"

野猪医生洪亮的声音响彻诊室。

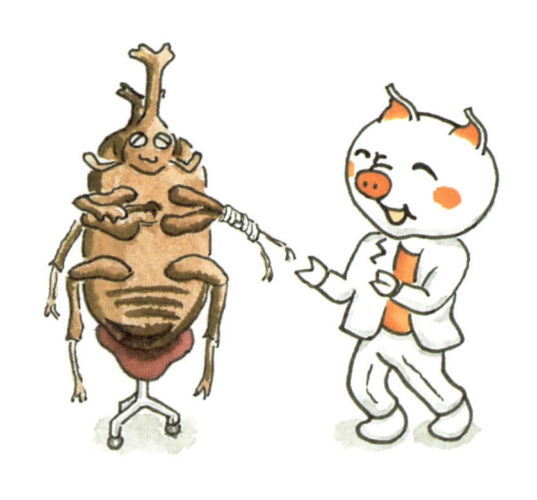

就这样,实习猪医生又重新给大角弟弟打上了夹板。一个星期后,他受伤的腿才恢复原状。

"无论什么时候,都要仔细观察患者,做正确的治疗。"

实习猪医生牢牢记住了野猪医生的话,继续在山上的野猪医院努力工作。

*牙槽脓肿:会让牙齿松动脱落的牙龈疾病。

图书在版编目（CIP）数据

你好，野猪医生 /（日）加古里子著绘；（日）中岛加名绘；吕灵芝译. -- 北京：中信出版社，2023.6
ISBN 978-7-5217-5364-6

Ⅰ.①你… Ⅱ.①加…②中…③吕… Ⅲ.①儿童故事－图画故事－日本－现代 Ⅳ.① I313.85

中国国家版本馆 CIP 数据核字（2023）第 032309 号

THE STORY OF DR. BOAR
Text & Illustrations by Satoshi Kako © Kako Researh Institute Ltd. 2021
Illustrations © Kamei Nakajima 2021
Originally published by Fukuinkan Shoten Publishers, Inc.,
Tokyo, Japan, in 2021 under the title of "くもとり山の イノシシびょういん ７つのおはなし"
The simplified Chinese language rights arranged with Fukuinkan Shoten Publishers, Inc., Tokyo through
BARDON CHINESE CREATIVE AGENCY LIMITED
All rights reserved
Simplified Chinese translation copyright © 2023 by CITIC Press Corporation

本书仅限中国大陆地区发行销售

你好，野猪医生

著 绘 者：[日]加古里子
绘   者：[日]中岛加名
译   者：吕灵芝
出版发行：中信出版集团股份有限公司
　　　　　（北京市朝阳区东三环北路27号嘉铭中心　邮编　100020）
承 印 者：北京利丰雅高长城印刷有限公司

开　　本：889mm×1194mm　1/32　　印　张：2.25　　字　数：75千字
版　　次：2023年6月第1版　　　　　　印　次：2023年6月第1次印刷
京权图字：01-2023-0995
书　　号：ISBN 978-7-5217-5364-6
定　　价：39.00元

出　　品：中信儿童书店
图书策划：如果童书　　　策划编辑：晏璐婷　　　责任编辑：刘莲
营销编辑：赵诗可　　　　封面设计：李然　　　　内文排版：李艳芝

版权所有·侵权必究
如有印刷、装订问题，本公司负责调换。
服务热线：400-600-8099
投稿邮箱：author@citicpub.com

2